KB020020

윤세희
시집

들깨인생

윤세희
시집

도서
출판 북인

2023

손자에게서 전화가 왔다.
"할아버지, 사과나무 많이 컸어요?" 불과 보름 전에
손자 녀석과 같이 시골 마당에 사과 씨를 심었었다.
서울에서 사과를 먹은 후 사과 씨를 종이에 곱게 싸서
경상남도 창녕까지 가져왔던 것인데
그새를 못 참고 전화를 하다니.
다섯 살짜리 꼬맹이가 "씨를 심으면 싹이 터서
나무가 자란다"라는 식물생태학을 배웠나보다.
"나무는 네 키가 크듯 조금씩 조금씩 자라는 거란다"
라고 말은 했지만, 아이를 실망시키지 않으려면
내년 봄엔 사과나무 묘목을 사다가 심어야겠다.
나무가 자라서 열매를 맺고 그걸 바라보는 어린 친구
상상만 해도 짜릿하지 않은가?
아이가 어른이 되어 어린 시절을 돌아보고
얼굴에 떠오를 미소를 생각해본다.

내가 조금씩 모은 글들을 굳이 책으로 엮는 것은
손자녀들이 어른이 되어
순진무구했던 어린 시절을 추억하면서
할아버지 마음을 엿볼 수 있지 않을까?
하는 짝사랑 생각이다.
명절에 모여 집안의 문집을 읽어가며
옛날을 회상하는 분위기를 가질 수 있다면
이것도 괜찮은 풍경이 될 것이다.

　　　　　　　　　　　2023년 가을을 맞으며

차례

1부

어렵다

바람은 거죽을 스칠 뿐
한순간이었다

솟아오르는 여린 싹
열어젖힌 꽃잎

보이지 않는다

붓다는 조는 듯 감은 듯
시야를 거두니
소리도 없다

눈은 열려 있으나
측량하기는
너무 어렵다.

입춘대길

봄
돌고 도는 계절이여

어디서 망나니짓을 하다가
이제 오는가?

나무들
껍데기를 벗긴 것도 모자라
사방팔방 걷어차고
행패를 부리더니

북풍 사라질 무렵
비틀거리며 나타났구나

모두 지쳤다
네놈을 피해 도망가기엔

더 이상은 안 된다
그동안 참고 견디던 모든 이에게
엎드려 빌고

둑 터진 강물처럼 봄꽃도
가득 몰고 오거라
연둣빛 하늘도 잊지 말고

봄
돌아온 탕자여.

사랑도 거리를 두어야

네가 백일 무렵
뒤집기하는 것이 경이로워 동영상에 올려놓았지

돌이 지난 후
태어나서 처음으로 걸음을 떼어놓는 게 신기하다고
법석을 떨었단다

그리고
어린 나이에 똑 부러지게 말을 잘한다고
사람들에게 자랑했었지

아무리 아름다운 꽃도
적당히 거리를 두어야지
너무 쓰다듬고 입을 맞추다보면
꺾이고 시들 수밖에 없어

단단한 줄기로 곧게 키우려면
미쳐 날뛰는 바람을 막아줄
작은 울타리가 되어주면 족한 거지

봄비가 대지를 적시듯
꽃은
지가 알아서 피고 지는 거야.

발정난 것들

아침 산책을 하다가 잠시 쉬는데
승용차 밑에서 누런 고양이 한 마리가
빼꼼히 내다보고 있는 거야

검은 고양이 하나가
푸스스한 얼굴로 다가오더니
잉~야 잉~야 소리를 내는데, 아 이게
발정기 때 고양이 모습인가?
하고 지켜보는데
누런 고양이 슬금슬금 뒷걸음치다가
도망가는 거야

이건 짝이 안 맞는 거지
험상궂은 수고양이가 소리지르니
새색시 암고양이가 발을 빼나 했더니
소리 지르는 건 암컷이라더군

고양이도 분위기가 맞지 않으면
짝이 안 되는 거였어
천장이 낮은 아늑한 곳에서

인상도 보고 성깔도 지켜보면서
관상쟁이처럼 위 아래를 관찰해보고
결정하는 거였어

겨울잠에서 막 깨어난 개구리처럼
세수도 않고 수염도 깎지 않은 채
아무나 붙잡고 껴안는 게 아니었어.

돼지머리

고사상에 돼지머리가 얹혀 있다
웃는 모습이 보기 좋다고
만 원짜리 지폐를 입 속에 쑤셔넣는다

향기롭지 않다

고기를 맛있게 먹으려면
뼈를 발라 살점을 찢고 다듬어
무거운 돌로 짓눌러
묵사발을 만들어야 한다는데

돼지의 짧은 생이 뭉개지고 있다
눈물, 콧물이 짭짤하게 간을 맞추고 있다
짝을 찾아 꼬리를 치던 그 표정
새끼를 핥아주던 부드러운 혀
엔도르핀이 넘치던, 한때의 추억을 떠올리며
미소 짓던 얼굴은
무거운 돌덩이에 눌려 곤죽이 되고 있다

TV 화면에선

돼지머리 편육엔 젤라틴이 많아, 피부 건강에 좋다고
떠들어대고 있다
자기가 무슨, 음식전문가라나 뭐라나

기름이 번지르르 흐르는 얼굴이
돼지 껍데기같이 보인다.

삼겹살

소줏집 불판 앞에서
삼겹살을 굽고 있다

달아오른 숯불 위에서
생살이 타들어가는 것을 보면서
역사를 생각한다
살점이 익을 때까지 단근질하던
세조의 눈빛은
숯불처럼 타올랐을 것이다

채식주의자가 보면
내 눈빛도 숯불일까?

죽기로 작정한 몸
"쇠가 식었다 더 달궈오라"는
성삼문의 일갈

쥐꼬리만 한 지갑도 권력이라고
남의 살점 뒤집으며 소리친다

"사장님, 여기 불판 바꾸고
고기 한 접시 더요"

돼지가 사람을 잡는다면

도살장에 들어갔어

비릿한 냄새, 복도엔
살을 발라낸 뼈다귀들, 그 외
부산물들이 쌓여 있었어, 설명서엔
양지 사태 등심 안심 갈비 채끝 그리고
다리 꼬리 목심 삼겹살 갈비
내가 술 마시며 안주로 즐기는 게 다 있었지
맛이 어떻고 씹히는 육질이 어떻고, 친절하더군
만일 세상이 바뀌고 칼을 든 돼지가
발가벗은 인간을 사육하고 있고
시퍼런 회칼로 생선 배때기 가르듯
신체를 부위별로 잘라낸다면, 어떨까 그 기분이
술에 전 내 간은 얼마에 팔릴 것인가
쓰레기통에 던져져 분리수거 되겠지

나는 동네 어귀에 박혀 있는 장승이
천하대장군 지하여장군이란 팻말을 달고
험악하게 서 있는 게 못마땅했어
이건, 돼지가 권력을 잡았을 때 모습일 거야

오래된 사찰에 가면
일주문 천왕문 해탈문을 지나야 하는데
이빨을 드러내놓은 사천왕 쌍판을 보라구
사람을 쳐죽이는 모습은
권력을 잡은 돼지의 얼굴 아닌가
가족의 안녕을 무릎 꿇고 비는 법당에서
가족을 이룬 짐승을 즐겨 먹고도
죄책감이 없는 나는 부끄러웠어
특히 절에 갈 때, 사천왕 앞을 지날 때는.

까불지 마라

밤 사이 내린 장맛비에
베르가못 껑다리 꽃이 바닥에 누웠다

꽃 한 송이 피우려고
분수없이 자라더니
휘청거리며 늘씬하더니

고작 하룻밤 빗방울 견디지 못하고
쓰러졌구나

내 그럴 줄 알았어

지가 무슨 농구 선수라고
남보다 멋진 덩크슛을 꽂으려고
폼잡더니, 제풀에 넘어지네

주위를 보아라
강아지풀 다북쑥이 그 어떤 비바람에도
까딱이나 하는지

멋있다는 건, 겉멋으로
낭창거리는 게 아니라는 걸
진작에 알았어야 해.

오리털 소식

외투를 입으려는데
눈썹만 한 흰 털이 보인다

노르웨이산 파카에서 떨어져 나온
오리털이다

오리는 추운 곳에 살면서
남북으로 이동한다던데

얘는
바이킹 나라에서
동쪽 끝까지 날아왔구나

엄동설한 피요르드에서
학살 소식을 전해주려
이곳까지 오다니

아침부터 짠하다
안네의 일기를
처음 보듯.

곰국

옛날 어느 장군 묘 앞에는
전쟁터를 누비던 말 무덤이 있고
워낭 소리 늙은 소는
주인이 손수 묻어주던데
사자가 먹다 남긴 살점을 하이에나가 뜯어먹고
독수리도 마지막 뼈는 남긴다던데

살을 바르고 남은 뼈를
도끼로 토막내어 뼛속까지 고아내는 곰국
끓이고 끓여 한 방울도 남기지 않고 마셔버리네

만약 윤회가 있다면
곰국을 즐기는 인간은
다시 인간으로 태어나긴 어려울 거야

살을 씹는 것도 모자라 뼈를 부수고
국물까지 마셔버리다니

천국이 있다면
얘네들 몫이 아닐 거야
분명 아닐 거야.

까마귀

아침 산책을 하다가
느티나무 아래서 쉬고 있는데
나무 위에서 까마귀 한 마리 앉아 있다가
원효 시절 고승처럼 깍깍댄다

당신 늙어서 허리가 안 좋지?
깍깍 까악 깍

그 나이에 그렇게 술 처먹고 다니냐?
가~악 覺 覺

이놈이 어떻게 알았지?

어젯밤
허리 아픈 내가
술 취해 비틀거린 걸

월정교 건너다 개울물에 빠져
요석공주 아닌 마누라한테
야단 맞은 걸.

거꾸로 서다

척추에 도움이 되라고 거꾸리를 들여놓았다
일직선으로 눌려 있던 척추뼈가
마디 풀리듯 흔들리고 있다

각도가 조금만 달라져도
안 보이던 것이 새롭게 보일 수 있다던데
세상을 180도 바꿔서 본다면
꼬여 있던 매듭도 풀릴 수 있을까?

왕자가 거지도 되어보고
가난뱅이도 부자가 되어보고
노인이 어린아이 눈으로 세상을 본다면, 이거야
개구리 옆구리에 날개가 돋겠네

거미줄에 거꾸로 매달린 호랑거미도
오랜 세월 땅속에서 버티다가
이제 겨우 세상에 나온 매미를, 차마
그물에 달아맬 수 있을 건가?

엠알아이

"시작합니다"라는 선언과 함께
내 몸은 어둠 속으로 빨려들어간다

몸 하나 눕기 어려운 곳
팔다리 하나 움직일 수 없는 곳
나는 처분만 기다리는 시체가 된다

툭탁툭탁 삽질을 해대는지
장작을 태우면서 다비를 하는지 시끄러운데

기계값이라도 제대로 받으려는 듯
사리라도 몇 개 건지려는 듯
시퍼런 눈에 불을 켜고
구석구석 뒤적이고 있다

보이지 않는 칼과 창이
온몸을 쑤시고 지나가고
죽음이 뭔지 느낄 만할 때

터널 문이 열린다

방금 복원된 미라가 눈을 뜨듯
죽었던 세상이 빛으로 환해진다

흰 옷 입은 이가 무심한 소리로
척추가 비뚤어졌고 어쩌고 하는데

컴퓨터 화면엔
어둠 속에서 발굴된
뼛조각 몇 개가 멋쩍게 웃고 있다.

부리와 입술

느티나무 아래였어
나무 위에서 깍깍 소리가 나더니
저 멀리 시멘트 바닥에 내려와 있던 까치가
깍깍거린다 "어디야 이쪽으로 와"
나무 위의 까치가 물찬 제비처럼 날아가 합류하더니
바닥에 깔려 있는 알곡 조각들을
딱딱한 부리로 쪼아먹는 것이었어

지금은 후루룩 쩝쩝 간식 먹는 시간이었고
탁탁 소리는 부리와 시멘트가 부딪치는 소리였다
까치야, 너는
시골 태생답게 투박한 부리를 가졌구나

저 부리에 붉은 립스틱을 발라보았자
육감적 입술을 기대할 수 있겠는가
킴 노박이나 마릴린 먼로의 키스를 위한
입술이 딱딱한 바닥과 부딪칠 이유도 없다
입술 속에 숨어 있는 부드러운 혀는
못하는 말이 없이 달콤한 언어를 구사할 수 있고
과장된 거짓이나 악마의 저주를

꾸며낼 수도 있지만 혀들의 굴림이
차고 뜨겁고 달고 맵고 시고 짜고 싱겁고 쓴
온갖 맛을 탐식하는 재미를 주지 않느냐

이른 아침 나무 아래 앉아서
깍깍거리는 까치가 되어 날아보려는데
날개도 없는 둔중한 이 몸은
한 뼘도 안 되는 비상 실력으로
바닥에 주저앉을 수밖에 없었어.

격투기

두 인간이 철창에 들어간다
끝장을 볼 때까지 문은 열리지 않는다
이두박근도 대흉근도 보통 인간은 아니다

어떻게 해야 상대를 바닥에 누일까
눈알을 굴린다, 빈틈이 보이면
사정없이 주먹을 휘두른다
팔이 잡혀 힘을 못 쓸 땐
무르팍으로 치든 머리로 받든
무조건 쓰러뜨려야 한다

이빨도 날카롭지 않고
발톱도 없지만 눈은 짐승이다
상대의 급소를 물고 흔들다가
주둥이에 피를 묻혀가며
살점을 뜯어먹는 야수의 세계
둘 중 하나는 죽어야 끝나는 곳

저 밖 관중석 환호하는 광기들
빵만으로 살기엔 너무 싱거워

피를 봐야만 속이 시원하다는 듯
눈빛이 거품으로 부글거린다.

빨래

세탁기를 돌리다보니
수돗물 쏟아지는 곳에서 계곡물 소리 들리네
스르륵 스르륵 툭탁 툭탁 소리를 듣다가
빨래터에 빨랫감 이고 온
어렸을 적 엄마를 생각하네

갯물에 삶았겠지 비누도 신통찮으니까
찬물에 담갔다가 방망이 두드리고
비비고 쥐어짜는, 그것도
한때의 아름다운 장면이라고 생각하다가
돈을 세탁하고 이력도 세탁한다는 지금 사회를 보면서
빨래터에 앉아 양잿물로 때 벗기던 사람들의
삶을 생각하네

더럽게 사느니 차라리 죽으리라 하고
빨래터에서 방망이 두드렸으리
나이 들수록 빨래터 풍경 속
양잿물에 삶아 반짝이는
무명옷 정도는 되어야 하지 않을까?

몸에 걸칠수록 담백한 빨래는
망각의 샘에서 길어올리는
어릴 적 추억이다.

거미

집에 들어가려다 거미줄에 걸렸다

가로등도 희미한 마당 한 구석에서
얼굴과 머리통이 무언가에 걸리던 순간
난, 졸지에 스파이더맨이 되었다

그물에 걸리는 물고기도
처음엔 이런 느낌일 것이다
커다란 거미 한 마리
처마 밑으로 황급히 숨는다

시골에 집을 짓고 마당을 가꾼 지 몇 해가 지났다
문을 열면 모기가 반갑다 달려들고
거미줄에 옷을 버리는 건 흔한 일이지만
집을 비운 사이, 현관 앞에 대형 그물을
쳐놓았을 줄은 몰랐다

뭘 좀 아는 거미였다면
사냥도 해본 놈이었다면
잠자리가 날아다니는 곳이라든가

나비가 펄럭이는 길목에 그물을 쳐야지
자기가 뭐 에스원 세콤 직원이라고
독재자를 규탄하는 혁명열사라고
팔다리 멀쩡한 사람을 잡고 있네

어른을 골탕 먹이고 깔깔대며 도망가는
개구쟁이 저놈, 거미.

석가탑

손녀와 손잡고 석가탑을 찾았다

오랜 세월 자리를 지킨 탑은
아직도 선경 삼매에 들어 있다

고독을 삭힌 세월이
술처럼 순화된 것일까
돌 껍질이 따스하게 느껴진다

손녀는 대웅전 계단을 오르며
어서 오라 손 흔드는데
허리가 아파서 오를 수 없다

기껏 칼슘 몇 조각으로 버티고 있는
내 허리는 백 년도 안 되어 주저앉는데
저 탑은 지금도 정정하구나

다져진 돌탑은 굳은살도 박히지 않은 채
천 년 내내 숨 쉬며
퇴행성 질환을 앓고 있는 나를

주눅들게 하고 있는데

아사달은 말한다
"너거들은 줄창 새것으로 바뀌가며
천 년 만 년 버티고 있지 않느냐?"

헛바닥

세상엔 필화도 많지만 설화도 많다
말 한마디에 천 냥 빚을 갚는다지만
옛날엔 혀를 잘못 굴리면
삼족이 절멸할 수도 있었다
평생을 먹고 마시며 떠드는 혀
뇌질환이나 신경마비로
혀를 굴리는 기능이 마비될 수도 있지만
바이러스 같은 전염병이 감염되어
죽는 일은 거의 없다
삼시세끼 먹고 사는 사람들은
혀의 고마움을 느끼지 못하고 있다
좌로 우로 먹이를 굴리고 씹고 또 씹는
소의 되새김— 경이롭구나
음식의 맛을 보고 삼키는 혀는
음식을 먹는 데도 필요하지만
온갖 잡소리로 참견하는 데
없어서는 안 되는 것이기에
헛바닥이라고 부르기도 하는데
한자를 보면 입 구 자 위에
일천 천 자가 있는 것으로 보아

혀 자체가 말이 많다는 거 아니겠나?
어렸을 때
필터 없는 담배를 염소 주둥이에 대주면
거침없이 받아서 혀를 좌우로 굴리며
맛있게 먹어대던 염소의 얼굴이 생각난다
나이가 들어 과일 몇 조각을 씹으면서
철없던 시절의 무감각을
소처럼 되새김질하고 있다.

삼대

바다 건너 태어난 손자가
첫선을 보였네

어렸을 때 사진을 일렬로 늘어놓고
귀가 닮았어
눈이 닮았어
아니 뺨이 닮았구나

파도는 끊임없이 밀려오고 있는데

코가 닮았어
머리숱이 닮았어
아니 걸음걸이가 닮았어

비좁은 거실에서 삼대가 출렁거리고
발원지가 같은 전류가
끊임없이 흐르고 있다.

이를 뽑다

치과 치료대에 드러눕는다
살 속에서 튀어나온 뼈에 구멍이 뚫리고 있다
숲속에서 들려오는 딱따구리 소리도 아니고
기계 소리만 요란하다

농부가 시든 뿌리를 갈아엎듯이
대숲 같던 이빨이 하나둘 뽑히고 있다

심판은 삼진아웃을 외치고
내 주먹은 경련을 일으키며 떨리고 있는데
씹지 않으면 살 수 없는 나는
발가락 끝까지 힘을 주며 버티고 있다

조금 더 씹어 먹고 더 살아보겠다고
결사적으로 입을 벌리고 있다.

쓰레기 까마귀

마당에서 부스럭 소리가 나서
창문을 여니
쓰레기봉투에서
까마귀 한 마리가 날아오른다

히말라야에서 까마귀란
죽은 자의 혼을
하늘로 인도하는 영물이라는데
쓰레기를 뒤지고 있는
동네 까마귀

먹다남은 감자칩이
들어 있는 것을 알았다니
눈이 밝고 영리한 놈이긴 한데

고작
쓰레기에 영혼을 빼앗긴 너
마을 뒷산에 둥지를 튼 그때부터
영물은커녕 개뿔이 된 거야.

아버지란 이름으로

태풍이 지나가고 많은 비가 내렸다
쓰러진 나무들을 옹벽이 감싸고 있다

비바람에도 옹벽이 무너지지 않는 건
나무를 위해서만도 아니다

꾀 많은 당나귀가 되어 웃음거리가 되느니
태산이 무너져도 견디겠다고
자존심 하나는 지켜야 한다고
불어터진 흙더미를 껴안고 버티는 것이다

흠뻑 젖은 옹벽은 말이 없어도
아버지란 이름으로 불리고 있다.

2부

희한한 일

참 희한해
산에 다녀보면
생강나무 꽃 피고 나서 진달래 피고
다음엔 철쭉이 피는 게 순서인데
내가 마당에 나무 심고 물 주니
똑같이 되는 기라

삼국시대 고려 조선을 지나며 살아왔어도
스위스 명품 시계, 영국 신사처럼
꼬치꼬치 시간을 따지진 않았는데
애네들은 지난해 했던 일을
한번도 까먹지 않고
똑같이 하고 있네

그것 참
희한한 일이구먼.

들깨인생

처음엔 잎만 보였어
어느 날 꽃대가 올라오더니
작은 꽃이 피었더군
주판알 튕기듯 꽃들 사이로
윙윙거리는 꿀벌 소리가 지금도 들려

가을이 되고 잎사귀가 사월 무렵
꽃받침 속을 들여다보니
숨어 있는 알갱이들이
술래잡기하는 아이들 머리통처럼
올망졸망 보이더군
금방 튀어나올 것 같은 눈빛은
얼마나 반짝거리던지

마른 가지 툭툭 털어내니
깨알들이 후득후득 떨어지는데
그것도 물을 주고 키운 열매라고
한 톨도 놓칠세라
코흘리개 저금통 털듯 탈탈 털었지
사실, 깨 털어보긴 처음이거든

알맹이 빠진 쭉정이는
할 일을 다 한 삶 그 자체였어
찬바람 불면
너도 가고 나도 가야 할 길을
들깨는
한마디 인사도 없이 앞서가는 거야

쓴맛 단맛 다 본 고수高手처럼.

장미아치를 세우다

장미아치는 잘못된 것이었어
장미 덩굴이
푸짐하고 화사한 꽃을
상다리가 휘어지게
차려주기를 기대했었지

모든 건 기초가 튼튼해야 돼, 그런데
돌밭에 모래를 뿌려놓고 나무 심었더니
덩굴이 아예 자라지 않네
장미를 심기 전에 구덩이 파고
좋은 흙을 다져넣고, 비료를 뿌려주는 게
밭일을 시작할 때 기본 아닌가
개천에서 용 난다는 말은 틀린 말이었어

물이 깊어야 큰 고기가 있는 거지
거창한 아치를 덩그러니 세워놓고
비쩍 마른 나무를 기대놓으니
주변 나무들이 바라보며 저거 저 인간 하면서
안타까운 듯 혀를 차는 거야

장미아치는 세우는 게 아니었어
김칫국부터 마시는 게 아니었어.

깐마늘

갓 캐낸 햇마늘 껍질을 벗긴다
홀딱 벗은 마늘을 보니, 웬걸
잘 지은 쌀밥처럼 기름이 잘잘 흐르네
희고 매끈한 살결은 신생아처럼 부드러워
고분에서 출토된 곡옥 같기도 하고
가마에서 구워낸 명품 도자기 같기도 하고

환웅이 호랑이와 곰에게 쑥과 마늘만 먹고
100일간 빛을 보지 않으면 사람이 된다고 한 뜻은
고통을 견뎌내고 깊이를 다지라는 뜻이었어, 넌
웅녀의 자궁에서 오랜 시간 버티고 이제야 나타났구나

삼시세끼 밥상에 오르는 너
얼굴이 문드러져도 구석구석 스며들어
없어서는 안 되는 맛의 화신

맵고 알싸하다
아득하기도 하고
참, 미안하기도 한.

잡초를 뽑다

처음 알았어
잡초를 뽑기 시작하면서
애들 족보가 나보다 질기다는 걸

삼족을 멸하고 구족을 멸해도
결코 무너지지 않는
불멸의 가문
비료를 주면 이놈들이 더 커지는 거야
기회는 평등하다는 거지
지가 무슨 풀뿌리 민주주의자라고
꽃도 피워야 하고 씨알도 맺어야 할 몸이지만
뽑혀지기로 정해진 걸 어쩌겠니
너나없이 정을 주면 죽도 밥도 될 수 없다고
이를 갈면서
땡볕에 쭈그리고 앉아 용을 쓰고 있네

나는 독재자
어쩌면 전생에
나치 당원이었는지도 몰라.

임자는 따로 있어

구기자를 수확하러 갔더니
담벼락 한구석에
잘 익은 구기자 열매가
가지런히 놓여 있다

날이면 날마다 담장 위에서
갸우뚱 기우뚱 고개를 젓던 곤줄박이
이놈 짓이 분명한데
눈에 띄지도 않던 작은 꽃이
반짝이는 열매로 익어갈 때까지
조잘대며 같이 놀던 아이들

열매가 익어갈 때마다
애쓴다, 힘내라, 산파처럼
지켜주던 앙증맞은 친구들

친구끼리 주고받은 땀의 결실을
문외한이 가로채는 게 아니라고
이파리가 볼품없다고
물을 주는 고생이 싫다고

시큰둥하던 인간이 차지할 열매가
결코 아니라고

곤줄박이 작은 녀석이
나이든 나를
까딱대며 가르치고 있다.

어느 봄날

어렸을 때 만화를 보면
동굴 속에 천 년 묵은 지네가 사는데
가끔씩 앳된 처녀를 갖다바쳐야
마을이 편안하게 되었다네

심청이는 아비의 눈을 위해
인당수 바닷물에 뛰어들었는데
파도가 길길이 날뛰다가 조용해지는 거야

어두운 동굴과 널뛰는 파도는
주체할 수 없는 욕망이 춤추는 장면이었어

나는, 무작정 걷고 싶은 오늘
나무와 꽃이 좋아하는 푸짐한 상차림으로
닭똥도 쏟아붓고 퇴비도 쟁여넣어
꽃이 피고 나뭇잎이 무성해지는
작업을 하고 있었지

웃기는 건, 나 자신이 어깨춤추는 지네가 되어
천리향, 라일락의 은은한 향기를

음미하는 것이었어

4월 어느 날, 씨 뿌린 마당에서
허물 벗고 날개짓하는 새싹이
어디 있나 찾아보는 중이고.

개구리 난장

연못 속 개구리들 살판났다, 난생 처음
나란히 줄을 서던
초등학교 1학년 아이들 조잘대듯
수면 위로 눈알 까뒤집고 보채고 있다

짝을 찾는 놈, 벌써 다른 놈 위에
올라탄 놈, 초여름 밤 개구리들은
주룩주룩 알을 낳고
올챙이들이 나대고 있다

"나 개구리요! 내가 여기 있소!
내가 바로 개구리란 말이요
올챙이 아닌 개구리 개골 개골 개~골"

모내기철 개구리들 난장판에
하늘 끝 별들도 연못가에 내려앉고
꽹과리 소리 출렁대는 수면 위에
한 뼘씩 푸르게 돋아나는 연잎들

내 귀는 풀빛처럼 초롱거려
오늘 밤도 뜬눈으로 뒤척인다.

달맞이꽃

별똥별들이 떨어져 있다
무리를 지은 꽃들이
제멋대로 피어 있다
달빛에 젖은 꽃잎은
손대면 터질 만큼 완벽한 모습이다

이른 아침부터 찾아드는 꿀벌에게
작은 보답이라도 하고 싶어
한 줌 향기를 품는 것인데
분수도 모르는 인간들이
이 향기를 훔치려 한다면
가소로울 뿐이라

미련 없이
한 생애를 접는 것이리라
월나라 미녀처럼.

목련

새가 알을 깨고 나오면
세상이 달라진다는데
어둠을 걷어내며
떠오르는 태양은
새롭지 않으냐?

가지 끝마다
껍질을 깬 병아리들이
와글거리네

꽃잎은
아기를 품에 안은
어미 젖이네

행여나 흔들릴까
보듬는 몸짓으로
부드런 햇살마저
우윳빛이네

오늘 하루

젖먹이 새끼가 되어
너의 품에 마냥
머물고 싶어라.

참기름

올해 농사지은 참깨로
손수 뽑은 거라고
그녀가 들고 온 참기름

작은 씨앗이
참깨 줄기로 우뚝 서서
세찬 바람에 꽃대 세우던
시간의 흐름이여

톱니바퀴 사이로
뼈마디가 으깨어지며
뚝뚝 떨어지던 진한 눈물
뜨겁게 엉겨붙은 향기를
염치없이 맡을 뿐
차마
숟가락을 댈 수 없구나.

코스모스 소녀

모시 저고리 앳된 소녀가 휘청거린다
바람은 어디에서 와서 어디로 가는가
쓰러질 듯 꺾일 듯 줄기는 제자리걸음이다

네 씨를 찾으려
꽃잎 스러지는 벌판을 얼마나 헤매었던가
지금 뜰 안에 피어 있는 네 모습이
나를 미소짓게 하네

제주섬 담벼락이 무너지지 않는 건
바람이 지나가는 틈새 때문이라는데
너도 이목구비가 홀가분하구나

꽃잎에 살며시 비치는 하늘빛
수채화 점 점
모시 저고리 소녀여.

할미꽃

어릴 땐
꼬부랑 할머니는
사람도 아녔어

나이가 들어보니
그게 아니더라고

아기가 태어나야
할미가 되거든

꽃샘추위에
할미꽃 뿌리에서
새순이 올라오네
솜털에 싸여
말간 주둥이를
오물거리네

봄 햇살에
자줏빛 소녀가 되고
어느 틈에

흰 머리칼 휘날리는 건
잠깐이라고

고것 참!

잡초

너는 이 마당 원주민이다

언제부턴가 불청객이 나타나더니
자기가 주인이라고
제멋대로 울타리 치고
너를 솎아내고 있다
제 편이 아니면 모두가 못마땅하다고
여름 내내 툴툴거리며
너를 뽑아내고 있다

한 줌 부스러기도 남기지 않고
뿌리째 뽑아야 뒤끝이 없다는구나
그러나
장마가 지고 물방울들이
비좁은 흙 알갱이 사이로 흘러들어
잠자던 씨앗을 어르고 나면
하루가 멀다 않고 솟아나는 너는
인해전술의 대가

마침내

마당 주인도 손을 들고
허리를 움켜쥔 채 자리에 눕게 된다
너를 당할 자는 세상에 아무도 없다.

고춧가루

낙향하여 농사짓는 친구가
김장용 고춧가루를 보내왔다

한낮의 뙤약볕 아래에서
하나의 고추로 서기까지
얼마나 많은 땀을 흘렸을까?

천둥 치고 번개 치던 장맛비 아래
의연히 살아남아 가을 햇살에
반짝거리던 네 얼굴

화살이 빗발치던 전쟁터에서
승리하고 돌아온
용사여

씻어 말리고 잘게 빻아
붉은 가루로 담겨 있는
비닐봉지가 제법 어른스럽다

세상의 불순을 씻어내고

화끈한 맛을 건네주는 당신은
세상이 끝날 때까지 살아남을
고춧가루다.

씨 맺는 계절

하양과 빨강 코스모스가
바람에 나부끼는데
하양과 빨강이 섞이면 분홍이 되고
분홍과 하양, 빨강과 분홍이 섞이면
또 다른 색이 되네

추석날 대가족이 모이면
나이드신 형님은
아버지 닮아 머리가 하얗고
동생은 엄마 닮아 새카만 머리카락
손자는 아비 닮아 천방지축
손녀는 어미 닮아 조잘조잘

실내는 대물림으로 떠들썩한데
뒷마당엔 색색의 코스모스가
서로를 비벼대며 흔들리고 있네
코발트 색 하늘 아래
깔깔대는 소녀들 웃음소리

줄줄이 태아를 뱃속에

숨겨놓은 여인들이
가을바람에 뒤뚱거리고 있다.

부용꽃

오랫동안 뜸을 들이던
부용이 드디어 꽃을 피웠다

이제나저제나 숨죽이던 관객 앞에서
갑자기 막이 오르고
드레스 사이로 맨살을 드러낸다

내리쬐는 조명등 아래
화사하게 솟아난 꽃술들
살짝 건드려도 꽃가루가 묻어날
촉촉한 입술 사이로
벌 나비가 날아든다

사랑한다는 말은 안 해도
오래도록 곁에 있어 좋으련만
제 할 일 끝낸 후
뒤도 돌아보지 않고 떠나버리네

짝사랑에 마음 설레던 난
어찌하라고.

앞마당 잔디밭

참새 새끼들이 짹짹
주둥이를 벌리면 어디선가
햇빛은 화살처럼 내려와
어미 새가 먹이를 물어주듯
연둣빛 잎새를 어르고 달래주네

연두는 하루가 다르게 몸집을 불리고
밀가루 반죽 궁굴리듯 바람 불어와
부드럽게 대지를 밀어대면
초록이 마침내 뜰을 덮는다

눈 뜨자 제일 먼저 마음을 적셔주는
살아 숨쉬는 잔디밭
풀 향기가 안개처럼 피어오른다.

낙동강 유채밭

겨울이란 긴 터널을 지나지 않고
봄꽃은 피어날 수 없다
우수 경칩 지난 매화나무는
벌써 준비운동을 하고 있다

제대로 된 잔칫상 차려내려고
유채도 기지개편다
냉동고에 갇혀 있던 유채
손발 털고 일어난다

끝이 보이지 않는 낙동강 유채밭
얼음 풀린 강물은 말하고 있다
유채 뿌리가 우리와 손잡고
때만 기다리고 있다네

지금 종다리 몇 마리가
기상을 점검 중이다

잔칫상 한번 크다
포부도 당차구나

지나가는 바람 구름

그리고 벌님 나비님

다 초대하려면

이 정도 갖고는 어림없지요.

가을 산행

산빛은 하루가 다르게 변하고
마른잎은 바스라지고 있다

바람이 지나는 길에서
잎과 잎이 부딪치는 소리
일렁이는 나뭇잎의 흔들림
미끄러지는 지느러미처럼
살과 살은 비벼지고 있다

붉게 물든 잎은 병이 깊어가고
신음소리는 온 산에 가득해
고통스러운 몸짓으로
부서져 내리고 있다

햇빛이 차단된 고요한 숲
가지 사이로 드러난 하늘
나이든 나도 그저
바람결에 몸을 맡길 뿐

가을 나무와 노인은 한통속이 되어
동병상련으로 마주 보고 서 있다.

쑥부쟁이

찬 이슬 머금고 피어나던 가을꽃
어느덧 꽃잎은 지고 있다

시든 몸— 이제는
사랑 노래 부르는 춘향이도 아니고
폐사지에 굴러다니는 기왓장이다

종일토록 날갯짓하던 꿀벌들도
사라졌건만
비바람에 시달리던 쭈글탱이 뱃속엔
흔들릴 때마다 어르고 달래주던
씨앗이 가득 담겨 있다

네 모습 여유롭구나
칼바람 불어와도
느긋하구나.

판이 벌어졌다

이른 아침
흰 백합꽃 무리 사이로
부용이 붉게 피어 있다

주위를 둘러보니
달맞이꽃 망초꽃이 들판을 뒤덮고
이곳으로 달려올 듯 줄을 서 있다
팽나무 위 까마귀 두 마리가
깍깍대며 흥을 돋운다

작은 꽃망울에 불과했던 부용은
해맑은 미소로 얼굴을 내밀고 있다
가운데 꽃술이 터지기 직전이다

이제 벌 나비 드나들고
오목눈이 곤줄박이 포롱포롱 날고
온갖 풀벌레가 합주를 시작한다
산등성이로 햇살이 떠오를 즈음
바람 스치니 백합 향 은근하다

나도 비료 한 줌 봉투에 담아
주인공 발밑에 뿌리면서
슬며시 잔치판에 끼어든다

동네 잡새 꽥꽥거리는 앞마당
하루가 바쁘게 돌아간다.

이야기꾼 상

유치원 졸업식에서 손녀가
상을 받았다고 자랑한다
이야기꾼 상, 처음 보는 상이다

평소 말이 좀 많다 싶던 손녀가
주절주절 이야기를 잘한다는데
누가 저 깜찍한 상을 만들었을까?

광야를 드리운 벌판 위로
말발굽 소리 울리며 구름 떼가 밀려와
차르르 차르르 빗방울 뿌리면
들꽃들이 점점이 피어나듯
구르는 돌멩이도, 찢어진 비닐봉투도
얘깃거리가 되겠네

혹시 모르지
나중에 소설가가 될지도

과묵한 우리 집안에서
이런 상을 받은 사람은

너 하나뿐이구나

손녀야!

3부

모란 동백

친구가 세상을 떠났네
며칠 전까지 술잔을 주고받던 친구가
세상을 떠나버렸네

벽에 걸린 영정사진 너무 생소해
꿈인지 생시인지 분간이 안 되어
애꿎은 소주잔만 홀짝거리는데
이 세상 호적에서 사라진 친구는
못 박힌 눈길로 나를 내려다보고
산다는 게 뭔지 헷갈리게 하네

갈 지 자로 취해 친구를 끌어내려
술잔을 권하고 다시 받는데
바람도 없고 이름도 없는 봄날 그는
생전에 즐겨 불렀던 '모란 동백'처럼
어느 나무 그늘 아래 잠들기 위해
떠나가버렸나

떨어진 꽃잎 아직 시들지 않았는데
지가 무슨 모란? 동백이라고.

수구초심

여우가 죽을 때 고향으로 고개를 돌린다는 건
간단한 게 아니네
죽을 때가 되면, 사는 동안 즐거웠던 기억을 향해
고개를 돌리게 되는 법이지
술에 취해 집으로 갈 때 한잔 더 마시고 싶으면
술친구 쪽으로 고개가 돌아가는 거야

김유신도 많이 취했어
지 고개가 돌아간 주제에 죄 없는 말 모가지나 치고

하여튼, 살 만큼 살다가 죽음이 보이면
고향이라든가 가족이라든가 친구라든가
편안했던 곳으로 고개가 돌아가는 거지

여우의 고개돌림이
술 취한 내 고개까지 돌아가게 하네.

풍뎅이

어렸을 때 또래들이 모여
풍뎅이를 뒤집어놓고 모가지를 비틀면
제자리에서 뱅글뱅글 도는 게 재미있다고 낄낄거렸어

노망난 노인도 머리가 돌아서일까?
한번 머리가 돌아가면 엉뚱한 소리 지껄이고
두 번 돌아가면 했던 말 하고 또 하고
세 번 돌아가면 돌고 돌아 원점으로 다시 오네

풍뎅이를 괴롭혔던 아이들도 언젠가 이렇게 될 텐데
미안하다, 어린 나이에 너무 까불어서

뭘 몰라서—

싹 튼 감자

상자에 보관 중인 감자에서
불쑥불쑥 싹이 돋았다

캄캄한 곳에서 밝은 곳으로
탈출하기 위해서인가
혼자 있기엔 심심해서
같이 엉겨붙자는 걸까

감자 싹에는 독이 있다던데
싹이 튼 모양새가
사람 목에 빨대를 꽂는
코로나바이러스와 닮았다

벌레가 기어나온 듯
맨손으로 꺼내기도 겁나는데
한입 깨물면
목구멍이라도 찔릴 것 같다

감자는
빛도 없고 소리도 없는 곳에서

칼을 뽑고 창을 겨눈 모습으로 나타나
나를 놀라게 하고 있다.

노인병동 1

장맛비 그친 한때
탱탱하던 연잎 위로
물방울들이 보석처럼 빛날 때

연꽃은
염화시중의 미소로
나를 유혹했었다

겨울이 오고
풀벌레마저 사라진 저물녘
이파리엔 검버섯이 피고
줄기는 꺾인 무릎으로
바람을 맞고 있다

언덕배기 잡초들은
서리에 밟혀도
눈알 부릅뜨고 살아 있는데
모든 것이 사라진 연못에
남아 있는 것은
찬바람뿐

뻘밭 속엔

미꾸라지도 보이지 않고

왜가리 한 마리

이빨 빠진 소리 꺽꺽대며

모래 씹은 표정으로 서 있었다.

노인병동 2

처음엔
걱정마라 오지도 마라
한마디 했었는데
며칠 지나고 몇 달이 지나니
다리 힘이 빠져
걸음도 못 걷겠구나

어제는 옆방에서 곡소리 나더니
오늘 또 한 분 돌아가셨네

우리 앞엔 죽음이 버티고 있어
순서를 기다리는
하루하루
밥시간을 기다리고
목욕 순서를 기다리며
견딜 만큼 견디다가
눈도 뜨기 힘들 때가 오거든
숨쉬는 것도 귀찮을 때가 되거든
파도를 멈추게 하고, 저 멀리
수평선이 잠잠해질 때까지

기다려야 한다

그래,
걱정하지 마라.

노인병동 3

사람이 나이 들면
잘난 놈 못난 놈 거기서 거기
하루 이틀 지나가도
오랜 시간 누워 있어도
그 얼굴이 그 얼굴이라
사람이 세상을 떠나도
빈자리가 느껴지지 않네

산수유가 피고 매화꽃도 피고
떠들썩한 여좌천 개울가엔
벚꽃축제 한창이라는데
마을 둔덕엔 무슨 풀이 돋아났는지
잡초는 그저 그뿐
관심도 없네.

노인병동 4

노인이
마침내 눈을 감았다
어깨에 힘이 들어가면
베테랑 야구 선수도
볼을 정확히 맞힐 수 없다는데
이 생각 저 생각으로 마음이 바쁘면
잠도 쉽게 올 수 없어

보라!
모든 것을 내려놓으니
숨조차 버리고 편안해진 얼굴
너도 편하고
나도 편하고
우주가 편안해

번민에 뒤척이거나
약에 취한 잠하곤
달라도
한참 다르네.

노인병동 5

마른 멸치도
빛나던 시절이 있었다
세월이 흐른 후
등도 굽고 허리는 뒤틀려
걷는 것조차 힘들어진 노인들

창자도 말라붙고 머릿속까지 시들어
단맛 쓴맛 다 뺏기고
눈도 멀고 귀도 멀어
국물 우려낸 후
버려진 건더기
바닥에서 뒹굴고 있네.

지렁이

지렁이는 비만 내리면 기어나와
아스팔트 위에서 말라죽는데

집을 못 찾아 객사한 것일까?
처음 느껴본 세상이 너무 따뜻해
편안하게 잠든 것일까?

어둡고 축축한 땅속에서
세상을 포기하고 사느니, 차라리
뜨거운 햇볕이나 원 없이 쬐고
죽겠다는 뜻일까?

지렁이에게 눈이 있다면
캄캄한 땅속에서
썩은 잎사귀나 뒤적이진 않을 텐데

지렁이도 죽을 때가 되면
어둠을 거부하고
모든 것을 털어버린 후
빈 몸으로 가겠다는 것인가?
열반에 든 고승이 장작 위에 눕혀지듯.

멸치 1

멸치가 성질이 나빠서 빨리 죽는다는 건 말도 안 돼
그물에 갇힌 멸치는 아래위로 눌리고
앞뒤로 찌부러져 숨도 못 쉬는데
어떻게 살아남을 수 있겠어
키 작은 중학 시절, 만원 버스를 타면
사람들 틈에 끼어 이리 쏠리고 저리 밀리던
기억을 생각해봐
멸치는 그물 속에서 압사된 채 밖으로 나오는 거야
운 좋게 눈빛이 살아 있는 놈은 초장에 찍혀
뱃사람 아가리 속에서 끝장나고, 나머지는
끓는 물 속에서 통째로 삶겨지는데
멸치생명권은 제로인 거지
그물에 갇히기 전엔 무리와 함께
조물주가 가르쳐준 대로 살았을 뿐
넓은 바다에서 살았던 게 죄라면 죄지
지지고 볶고 뜨거운 물에 우려지면
바다 향기가 나는 모양인데
이건 너무 심한 것 아냐?
우린 자유를 누리며 살았지
성질 더럽게 살지는 않았는데—

멸치 2

물찬 제비처럼 반짝이던 나는
잠깐 한눈파는 사이 소금에 절여져
살과 뼈는 으스러지고 오장육부도 녹여져
간도 쓸개도 없이 그저
입맛을 위한 액젓으로 담겨져 있네

고작 이렇게 되려고
성질 더러운 갈치를 피하고
무식한 고래에 쫓기며
죽기 살기로 살아왔던가
며칠을 살더라도 그냥
힘없는 멸치로 놔두시든가
그것도 고깝다면
신이시여!
아예
태어나지 않게 해주세요.

장수 만세

추석 선물 고르다
건강식품이 수백 가지라는 데 놀랐다
가루 탕 즙 환 액
찌고 말리고 삶고 섞고 발효시킨
잎줄기 열매 뿌리
고라니나 멧돼지가 좋아하는 것들이다,
그뿐이랴
애벌레 사슴 뿔 흑염소 엑기스 누가 뭐래도
골수 한의학 후예들 솜씨다

오래 살겠다고 돈 좀 벌겠다고 이런 짓까지 벌이니
이것이 수명이 늘어난 이유일까

요양시설에 남겨진 노인, 구십이 넘어
수년간 독한 항암제를 기꺼이 삼키며
백 살까지 가겠단다, 한국인
징한 것~

잘려지는 놈들

뒷간을 변소라 부르던 시절
은행나무는 귀한 가로수였다

포장마차 불빛 아래 튀겨지던
파르스름한 은행알
얼마나 향기로웠나?

뒷간이 화장실로 변하면서
열매에서 똥냄새가 난다고
암나무 자궁이 잘리고 있다

골목에 고양이들이 너무 많다고
수놈 불알이 잘린다던데
한 쪽 귀까지 잘린 고양이
궁형을 당한 줄 모르는지
눈동자가 너무 맑아서
하늘에 뜬 보름달이
그 속에서 빛나고 있네.

뼈대만 남은 물고기

고교 졸업 오십주년 모임 때
눈썹까지 신선이 된 친구를 보니
학창시절 영화 장면이 생각나더군

거품을 품고 밀려드는 파도
어둠을 뚫고 밝아오는 새벽
물길을 거스르는 연어 떼처럼
바다로 향하는 어부들

믿을 건 오직 나뿐
망망대해에서 혼자가 되면
누구나 투사가 되지
손바닥이 갈라져 피를 흘릴 때
팔씨름대회 챔피언이 되었던
젊은 시절을 생각하며
마지막까지 이를 악물었던 주인공

죽을힘 다해 잡았던 대어를
다 뜯기고 남은 건
뼈대만 남은 청새치

일몰의 태양 아래
바다로 나갔던 우리도
그 좋던 알통은 어디에 두고
억새풀 언덕에서
은빛 머리칼만 펄럭이누나.

2020 봄

가마솥에 온갖 잡탕이 끓고 있다
진달래 개나리 살구꽃 벚꽃
새소리 물소리 질척이는 빗물까지
한 솥에서 부글거린다

코로나바이러스가 미세먼지처럼
하늘을 뒤덮고 있다 너와 나
입과 코를 틀어막은 채
숨도 못 쉬고 집 안에 갇혀 있다

곳곳에서 사람이 죽어간다
시체가 줄을 서고 있다
연둣빛 새 순이 떼거지로 밀려오는데
낯설다
제멋대로 핀 꽃들이 바람에 날리고 있다
청명 곡우도 어느 틈에 지나가버렸다.

바이러스 전쟁

한반도에 침입한 코로나바이러스
거리엔 인적조차 드물어
해가 떠도 비가 와도
고개만 아래로 처지네
수나라 당나라와의 싸움도 아닌
바이러스와 인간의 전쟁
부상병이 제풀에 쓰러지듯
수백 명씩 구급차에 실려가네
마스크로 얼굴을 가려도
바위가 얹힌 듯 가슴이 답답해
숨을 쉬어도 걸음을 걸어도
머리가 텅 빌 것 같아
하루하루가 살얼음판이네
봄이 되어 매화도 피었고
겨울잠 깬 개구리들 울어대는데
이런 것 저런 것 감상할 수도 없네
지금은 전투가 한창인 벌판에서
죽느냐 사느냐의 싸움이기에.

플라나리아

마당에 시커먼 벌레가 기어간다
달팽이 같기도 하고 거머리 같기도 한데
머리가 삼각형이다
기분 나쁜 모양새다
검색해보니 플라나리아라 한다
머리를 자르면 꼬리가 생기고
꼬리를 자르면 머리가 생긴단다
불사조인가? 암세포인가?
잘려도 살 수 있으니
직장에서 죽어라 일할 필요도 없는
족속들인가?
골치 아픈 세상 집어던지고
안방 백수로 살다보니
이것도 한세상이라 느긋해진 놈들인가?
죽을 염려 없으니 아등바등 살 필요도 없겠군
요즘 세상 이것을 동경하는 사람도 있다던데
늙도록 부모 품에 기생하면서
플라나리아를 꿈꾸는 사람들이 제법
많다던데.

참 잘난 놈

공작새가 깃을 펼치고 있다
공작도 벼슬 이름이라고
으스대고 있다
번쩍이는 계급장을 붙이고
가슴팍엔 그럴듯한 직책을
주렁주렁 매달고 있다

평생 날지도 못하는 몸으로
껍데기를 치장하고 있다
무거운 훈장을 달고
뒤뚱거리는 것도 가관이다

석양을 가르는 기러기 떼가
겨울 하늘을 날고
거대한 산은 말이 없는데

깃을 펼친 새는
한때를 과시하면서
허영에 들뜬 사람의
시선을 끌고 있다.

꽃이 핀다는 건

이런 거였어?

동계 훈련 마치고 출발선에서
신호가 떨어지길 기다린 연후
참고 참았던 힘이
봇물 터지듯 쏟아지는 모습

매화야, 산수유야, 산 곳곳 진달래야
보이지 않던 곳에서 숨죽이고 있다가
드디어 일을 저지르는가?

더러는 빛으로
더러는 향기로

눈을 감아도 말이 없어도
스며드는 봄

어쩔 수 없네.

선암사 매화나무

오래된 매화나무를 찾았다
밑동이 굵고 껍질엔 이끼가 끼어 있다
힘이 들어서일까
돌담에 기대어 숨을 몰아쉬고 있다
눈 감기 일보 직전이다 그래도
젖 먹던 힘을 다해 꽃을 피웠구나
수백 년 전 기억을 깜빡거리며
하늘하늘 꽃잎을 수놓았으리라

선암사 매화나무 아래
그 길을 걸었던 옛사람들, 지금은
어디에서 봄꿈을 꾸고 있으려나.

부럽다

봉오리 헤치고 피어난 꽃
이제나저제나 너를 기다리던
숨소리 들리지 않더냐?

벌 나비 불러들여
한 시절 노니더니
새벽이슬에 사라져
흔적도 없구나
쌀쌀맞은 것

사람은 죽을 때가 되면
똥오줌도 못 가리는데
나무는
세월이 흘러도 의젓하구나
꽃아, 나무야 너희들은
사는 게 구차스럽지 않아
얼마나 좋으냐?
부럽다.

인생에 대한 통찰과 허무의 초월

박완호 / 시인

시를 쓴다는 것은, 누군가에게는 아무에게도 들키고 싶지 않던 은밀한 무언가를 남들 앞에 꺼내놓는 일이며, 누군가에게는 '나'와 '세계(사물)' 사이의 순간적인 마주침을 통해 태어나는 특별한 의미 맥락을 언어로 담아내는 작업이다. 또 다른 누군가에게는 사랑의 표현이거나 삶과 세계의 본질에 대한 탐구·통찰의 기록이 될 수도 있을 것이다.

윤세희 시인에게 있어 시를 쓴다는 것은 어떤 의미를 지니고 있을까. 그의 네 번째 시집 『들깨인생』에 실린 시편들은 자연(세계), 인간(삶)에 대한 남다른 성찰을 통해 얻은 자신의 깨달음을 가까운 누군가에게 건네는 듯한 친숙한 표현 속에 담아낸 원숙한 인식의 결실이라 할 수 있다. 이 시인에게 있어 자연은 '나'를 되돌아보고 눈에 보이는 세계의 뒷면에 숨겨진 삶의 진정한 의미와 가치를 깨닫게 해주는 매개이며, 한 인생이 오랫동안 추구해온 가치와 덕목들을 고스란히 간직한 본보기가 되는 곳이기도 하다. 시인은 자연에 대한 깊이 있는 관찰을 통해 인생의 참된 의미와 가치를 재발견하게 되며, 자신을 돌아보고 반성하는 자리에 이르게 된다.

그의 눈에 비친 인간은 자연 사물이 흘린 '땀의 결실을 가로채는 문외한'(「임자는 따로 있어」)이거나 '분수 모르'고(「달맞이꽃」) '향기를 염치없이 맡'는 존재 등으로 표현되어 나타나는데, 그러한 자기 성찰과 반성은 '나'라는 한 개체를 넘어 인간 존재 및 문화, 자신이 발 딛고 살아가는 세계(현실)에 대한 반성과 통찰로 연결되고, 자연의 섭리에 대한 깨우침은 인생의 본질 및 허무에 대한 깨달음으로 이어진다. 그의 시에서 자연은 의인화된 존재로 형상화되어 나타나는 경우가 많은데, 이는 그것이 '자연(사물)-인간'의 의미·관계를 인식하기에 가장 적합한 거리이기 때문일 것이다.

이 시집이 지닌 중요한 특징 가운데 하나는 시인이 구사하는 독특한 언어의 결이라 할 수 있는데, 시인은 아무렇지 않은 듯 툭툭 건네는 일상적 구어체의 말투를 통해 '대상-화자' 사이의 친밀감을 형성하고, 언어를 맘대로 다루지도 언어에 구애받지도 않는 어느 지점에서 언어와 함께 자유롭게 노는 시인의 모습을 떠올리게 한다. 윤세희 시인이 보여주는 자유로운 언어 구사는 인생의 숱한 고비를 넘어 '이곳'까지 다다른 한 인간 존재의 원숙함과 결합하여 삶과 세계에 대한 진지한 통찰과 깨달음을 드러내기에 가장 어울리는 형태로 형상화되어 나타난다.

아무리 아름다운 꽃도

적당히 거리를 두어야지
너무 쓰다듬고 입을 맞추다보면
꺾이고 시들 수밖에 없어

단단한 줄기로 곧게 키우려면
미쳐 날뛰는 바람을 막아줄
작은 울타리가 되어주면 족한 거지

봄비가 대지를 적시듯
꽃은
지가 알아서 피고 지는 거야.

—「사랑도 거리를 두어야」 부분

시인은 "아무리 아름다운 꽃도/ 적당히 거리를 두어야"
한다며, 누군가를 진정으로 사랑하기 위해서는 적당한 거
리가 필요하다고 말한다. 거리가 너무 가까우면 오히려 사
랑하는 존재를 '꺾이고 시들'게 만들고 만다는 것을 잘 아는
그는, 꽃을 단단한 줄기로 곧게 키우려면 "바람을 막아줄/
작은 울타리가 되어주면 족한" 것과 같이 자식 또한 그렇게
'스스로 알아서 피고 지는 꽃'처럼 대해야 한다는 가치관을
드러낸다.

그러한 사랑의 태도는 제 자식 말고는 아무도 눈에 보이
는 않는다는 듯, 꼴사나운 행태를 서슴지 않는 요즘의 부모
들이 가슴 깊이 새겨야 할 덕목일 것이다. 자연에 대한 성

찰을 통해 인생의 본질을 깨달은 화자의 가치관이 잘 나타
난 "꽃은/ 지가 알아서 피고 지는 거야"라는 표현에는 자식
을 제대로 대하고자 하는 부모의 마음가짐을 뛰어넘어, 인
간을 포함한 모든 생명 존재를 독립적·자율적 가치를 지닌
존재로 마주하고자 하는 화자의 한 차원 높은 윤리적 사고
가 담겨 있다.

참 희한해
산에 다녀보면
생강나무 꽃 피고 나서 진달래 피고
다음엔 철쭉이 피는 게 순서인데
내가 마당에 나무 심고 물 주니
똑같이 되는 기라

삼국시대 고려 조선을 지나며 살아왔어도
스위스 명품 시계, 영국 신사처럼
꼬치꼬치 시간을 따지진 않았는데
애네들은 지난해 했던 일을
한번도 까먹지 않고
똑같이 하고 있네

그것 참
희한한 일이구먼.

—「희한한 일」전문

윤세희 시인의 작품에서 자연은 자아를 성찰하고 새로운 가치를 인식하게 해주는 매개로서, 시인은 자연에 대한 남다른 관찰을 통해 오랫동안 간과해온 인생의 의미·가치를 재발견하기에 이른다. 자연을 통한 그러한 성찰 행위는 자기반성을 넘어 인간 존재, 나아가 인간 사회의 본질을 깨닫는 지점까지 확장되는 것이다. 「희한한 일」의 시적 화자는 "지난해 했던 일을/ 한번도 까먹지 않고/ 똑같이 하고 있"는 자연 사물의 변화를 통해 순리에 어긋나지 않는 자연의 본질을 깨닫기에 이르는데, "내가 마당에 나무 심고 물 주니/ 똑같이 되는" 것을 보고 놀라운 자연의 섭리를 깨우치는 화자의 모습을 떠올리는 건 너무나 자연스러운 일이다.

　그의 시에서 자연은 '봄-돌아온 탕자'처럼 의인화된 존재로 나타나는 경우가 많은데, 시인은 그것이 '자연(사물)-인간'의 관계를 제대로 드러내기에 적합한 형태임을 직감적으로 알아채고 있는 듯하다. 의인화된 자연은 시인 특유의 능청, 딴전과 결합하여 남다른 해학적 표현으로 형상화되어 나타난다.

　밤 사이 내린 장맛비에
　베르가못 껑다리 꽃이 바닥에 누웠다

　꽃 한 송이 피우려고
　분수없이 자라더니
　휘청거리며 늘씬하더니

고작 하룻밤 빗방울 견디지 못하고
쓰러졌구나

내 그럴 줄 알았어

지가 무슨 농구 선수라고
남보다 멋진 덩크슛을 꽂으려고
폼잡더니, 제풀에 넘어지네

주위를 보아라
강아지풀 다북쑥이 그 어떤 비바람에도
까딱이나 하는지

멋있다는 건, 겉멋으로
낭창거리는 게 아니라는 걸
진작에 알았어야 해.

—「까불지 마라」 전문

장맛비에 쓰러진 꽃을 보고, 분수없이 휘청거리며 늘씬 자라나다 그만 바닥에 누워버린 꺽다리 꽃과는 달리 어떤 비바람에도 까딱 않던 강아지풀, 다북쑥을 떠올리는 화자는 주변에서 흔히 마주치는 작고 보잘것없는 존재들이 지닌 생명의 가치를 인식한다.

"멋있다는 건, 겉멋으로/ 낭창거리는 게 아니라는 걸/ 진작에 알았어야 해"라는 표현에 나타나듯, 삶/생명의 진정한 가치란 눈에 보이는 부분(겉)이 아니라 가려진 부분(속)에 깃들어 있음을 깨닫는 것이다. 인상적인 것은 그러한 깨달음이 "내 그럴 줄 알았어// 지가 무슨 농구 선수라고/ 남보다 멋진 덩크슛을 꽂으려고/ 폼잡더니, 제풀에 넘어지네"처럼 익살스러운 표현을 통해 빼어난 해학성을 드러낸다는 점이다.

    태풍이 지나가고 많은 비가 내렸다
    쓰러진 나무들을 옹벽이 감싸고 있다

    비바람에도 옹벽이 무너지지 않는 건
    나무를 위해서만도 아니다

    꾀 많은 당나귀가 되어 웃음거리가 되느니
    태산이 무너져도 견디겠다고
    자존심 하나는 지켜야 한다고
    불어터진 흙더미를 껴안고 버티는 것이다

    흠뻑 젖은 옹벽은 말이 없어도
    아버지란 이름으로 불리고 있다.
                          —「아버지란 이름으로」 전문

이 시는 가장의 가치와 권위가 무너진 지 오래인 세상에서 아버지라는 존재가 지닌 의미·가치를 되새기게 한다. 아버지란 이름을 지닌 누군가는, 스스로 알아서 피고 지는 꽃 같은 자식들이 비바람에 쓰러지지 않도록 든든히 버텨주는 옹벽 같은 존재이다. "꾀 많은 당나귀가 되어 웃음거리가 되느니/ 태산이 무너져도 견디겠다고/ 자존심 하나는 지켜 야 한다고/ 불어터진 흙더미를 껴안고 버티는" 옹벽을 통해 우리는 그동안 잊고 있던 아버지란 이름이 지니는 의미를 다시금 떠올리게 된다.

벽에 걸린 영정사진 너무 생소해
꿈인지 생시인지 분간이 안 되어
애꿎은 소주잔만 홀짝거리는데
이 세상 호적에서 사라진 친구는
못 박힌 눈길로 나를 내려다보고
산다는 게 뭔지 헷갈리게 하네

갈 지 자로 취해 친구를 끌어내려
술잔을 권하고 다시 받는데
바람도 없고 이름도 없는 봄날 그는
생전에 즐겨 불렀던 '모란 동백'처럼
어느 나무 그늘 아래 잠들기 위해
떠나가버렸나

—「모란 동백」부분

며칠 전까지 술잔을 주고받던 친구의 죽음을 마주한 화자는 꿈인지 생시인지조차 분간 안 되는 슬픔을 겪는다. 세상 호적에서 사라진 친구의 눈길을 느끼며 산다는 게 뭔지 헷갈리던 그는 술에 취해 생전에 즐겨 부르던 노래인 '모란 동백'처럼 갑자기 떠나가 버린 친구를 떠올린다. "떨어진 꽃잎 아직 시들지 않았는데/ 지가 무슨 모란? 동백이라고"라며 퉁명스레 던지는 말투에는 친구의 죽음을 통해 얻은 허무에 대한 통찰이 담겨 있다.

생의 허무에 대한 통찰은 삶과 죽음이 공존하는 공간을 다룬 '노인병동' 연작시를 통해 한층 더 깊어진 형태로 나타나는데, 시인은 죽음 쪽으로 한 발짝 더 나아간 삶의 축소판이라 할 수 있는 노인병동의 모습을 통해 삶과 죽음에 대한 궁극적 성찰의 태도를 보여주며, 인생의 본질에 대한 깨달음의 과정을 거쳐 죽음의 허무를 끌어안는 달관의 경지로 나아가는 진지한 사유의 깊이를 담아내고 있다.

처음엔
걱정마라 오지도 마라
한마디 했었는데
며칠 지나고 몇 달이 지나니
다리 힘이 빠져
걸음도 못 걷겠구나

어제는 옆방에서 곡소리 나더니
오늘 또 한 분 돌아가셨네

우리 앞엔 죽음이 버티고 있어
순서를 기다리는
하루하루
밥시간을 기다리고
목욕 순서를 기다리며
견딜 만큼 견디다가
눈도 뜨기 힘들 때가 오거든
숨쉬는 것도 귀찮을 때가 되거든
파도를 멈추게 하고, 저 멀리
수평선이 잠잠해질 때까지
기다려야 한다

그래,
걱정하지 마라.

—「노인병동 2」전문

겨울이 오고
풀벌레마저 사라진 저물녘
이파리엔 검버섯이 피고
줄기는 꺾인 무릎으로
바람을 맞고 있다

—「노인 병동 1」부분

사람이 세상을 떠나도
빈자리가 느껴지지 않네

—「노인 병동 3」부분

노인이
마침내 눈을 감았다

(중략)

모든 것을 내려놓으니
숨조차 버리고 편안해진 얼굴
너도 편하고
나도 편하고
우주가 편안해

—「노인 병동 4」부분

등도 굽고 허리는 뒤틀려
걷는 것조차 힘들어진 노인들

(중략)

국물 우려낸 후
버려진 건더기
바닥에서 뒹굴고 있네.

—「노인 병동 5」부분

빛나던 날들을 뒤로 하고 이제는 "등도 굽고 허리는 뒤틀려/ 걷는 것조차 힘들어진 노인들"이 국물 우려진 후 바닥에서 뒹굴고 있는 '버려진 건더기' 같은 모습으로 곧 다가올 죽음을 기다리며 하루하루를 연명해가는 노인병동은 생사가 공존하는 현실 세계의 단면을 집약적으로 보여주는 공간이며, 소멸의 풍경으로 가득 찬 허무의 세계이기도 하다.

"풀벌레마저 사라진 저물녘/ 이파리엔 검버섯이 피고/ 줄기는 꺾인 무릎으로/ 바람을 맞고 있"는 모습을 바라보며 "이빨 빠진 소리 꺽꺽대며/ 모래 씹은 표정으로 서 있"는 왜가리는 생의 허무를 정면으로 마주하고 선 한 인간 존재의 내면을 가감 없이 엿보여준다. 하지만 그곳은 불행만이 넘실대는 세계라기보다는 삶과 죽음에 대한 궁극적 성찰을 통해 인생의 진정한 의미를 깨닫는 한편 생의 허무를 온몸으로 끌어안으며 극복해내는 깨우침의 공간이기도 하다.

'마침내 눈을 감은' 노인에게서 "모든 것을 내려놓으니/ 숨조차 버리고 편안해진 얼굴/ 너도 편하고/ 나도 편하고/ 우주가 편안해"지는 것을 깨달으며, "사람이 세상을 떠나도/ 빈자리가 느껴지지 않"는다는 표현은 오랜 집착에서 벗어나 죽음의 허무를 초월하는 지점에 다다른 한 인간 존재의 빛나는 속내를 잘 드러내준다. 죽음의 순서를 하루하루 기다리며 견딜 만큼 견디다가 "숨 쉬는 것도 귀찮을 때가 되거든/ 파도를 멈추게 하고, 저 멀리/ 수평선이 잠잠해질 때까지/ 기다려야" 한다는 것을 깨우친 그가 건네는 "그래,/ 걱정하지 마라"는 한마디가 예사롭게 들리지 않는 것은 그런 까닭일 것이다.

들깨인생

지은이_ 윤세희
펴낸이_ 조현석
펴낸곳_ 북인
디자인_ 푸른영토

1판 1쇄_ 2023년 10월 18일
출판등록번호_ 313 - 2004 - 000111
주소_ 121 - 842 서울 마포구 서교동 460 - 34, 501호
전화_ 02 - 323 - 7767
팩스_ 02 - 323 - 7845

ISBN 979-11-6512-078-8   03810
ⓒ윤세희, 2023